ONE OF A KIND, LIKE ME
ÚNICO COMO YO

By / Por
Laurin Mayeno

Illustrations / Ilustraciones
Robert Liu-Trujillo

Translation / Traducción
Teresa Mlawer

BLOOD ORANGE PRESS

Oakland, California

"Oh, my," said Mommy. "Tomorrow is the school parade and you still don't have a costume."

Danny drew wavy lines with his purple marker. "I know what I'm going to be," he said.

Cousin Carmelita watched him, licking gooey banana from her fingers.

—¡Caramba! —dijo Mami—. Mañana es el desfile de la escuela y todavía no tienes tu disfraz.

—Yo sé de qué voy a vestirme —dijo Danielito mientras dibujaba líneas curvas con un rotulador morado.

Su prima Carmelita lo miraba sin dejar de chuparse los dedos con restos de papilla de plátano.

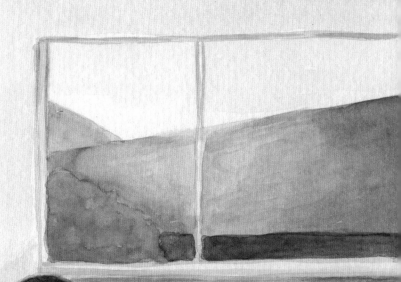

3

"Hmmm," said Grandpa. "A wizard in long purple robes?"

Danny colored between the lines. "Nope."

"I know," said Mommy. "A flying acrobat with purple tights?"

Danny drew faster and the purple waves danced to life. "Nope."

"Well, don't keep us guessing," said Grandpa.

Danny smiled. He picked up his silver pencil and added one last touch. "I'm going to be a princess, just like her." Everyone stopped what they were doing and looked at Danny's princess. She wore a purple dress with round puffy sleeves and ruffles all the way down to her toes. Her crown was shiny silver.

❀ ❀ ❀

—A ver si adivino... —dijo Abuelo—. ¿De mago con una larga túnica morada?

—No —dijo Danielito, mientras coloreaba los espacios entre las líneas.

—Ya sé —dijo Mami—. De acróbata volador con mallas moradas.

—No —contestó Danielito dibujando con tanta rapidez que las líneas parecían moverse.

—Bueno, no nos dejes en suspenso —dijo Abuelo.

Danielito sonrió. Tomó un lápiz color plateado y le dio el toque final.

—Quiero ser una princesa, como ella.

Todos interrumpieron lo que hacían para ver la princesa que Danielito había dibujado. Llevaba puesto un vestido morado de mangas abultadas y unos volantes que le llegan a los pies. Su corona era plateada.

"Oooh, princesa," cooed Carmelita.

"Are you sure that's what you want?" asked Mommy.

"Yes, I'm sure."

"Okay. Let's go find your princess dress."

Carmelita clapped her sticky hands.

Grandpa winked. "Try Nifty Thrifty. They have everything."

Danny folded his picture and stuffed it into his pocket.

—Oh, oh, princesa —dijo Carmelita.

—¿Estás seguro de que eso es lo que quieres? —le preguntó Mami.

—Sí, estoy seguro.

—Bien. Entonces vamos a buscar tu vestido de princesa.

Carmelita aplaudió con sus manos pegajosas.

Abuelo hizo un guiño y dijo:

—En la tienda Nifty Thrifty hay de todo.

Danielito dobló el dibujo y lo guardó en su bolsillo.

When they walked into
the store their eyes popped
wide open. "This place looks like
a giant closet exploded," said Danny.
Mommy stood and stared. "How will
we find anything in all this?"
Danny took her hand. "Look for purple.
I know we'll find it."

❖ ❖ ❖

Cuando entraron a la tienda, se quedaron asombrados.

—Este lugar parece como si hubiera explotado un armario
gigante —dijo Danielito.

—¿Cómo vamos a encontrar algo en este lugar? —preguntó Mami
sin saber por dónde empezar.

—Fíjate en todo lo que sea morado —le dijo Danielito sujetándole
la mano—. Estoy seguro de que lo vamos a encontrar.

In the first aisle, Danny spotted a bin with hats, masks, and animal ears. He dug through the bin and uncovered a sparkly silver crown. It fit him just right. "Yippee!" he said. "Now for the dress."

In aisle two, Danny looked from side to side, up and down, but there was no purple princess dress.

In aisle three, a twinkle of purple shone from behind the belts. Out slithered a shiny purple necktie.

"I know we'll find my dress soon," said Danny.

They searched two more aisles, and still there was no purple princess dress. Where could it be?

❀ ❀ ❀

En el primer pasillo, Danielito vio un mostrador con sombreros, máscaras y orejas de animales. Rebuscó en el mostrador y descubrió una corona de plata reluciente. Le quedaba perfecta.

—¡Yupi! —exclamó—. Ahora a buscar el vestido.

En el segundo pasillo, Danielito buscó de un lado a otro, de arriba abajo, pero no encontró ningún vestido de princesa morado.

En el tercer pasillo, entre los cinturones, algo morado resplandecía. Era una corbata morada brillante.

—Estoy seguro de que pronto encontraremos mi vestido —dijo Danielito.

Buscaron en los dos siguientes pasillos, pero no encontraron ningún vestido de princesa morado. ¿Dónde podría estar?

In aisle six, a flash of purple peeked out from a swirl of colors on a rack overhead. Could this be his dress? Danny reached up and pulled. Clothes fell, raining all around him. A purple robe landed on his head.

"A wizard could wear this," said Danny, "but not a princess."

En el sexto pasillo, de un alto perchero sobresalía algo morado en medio de un remolino de colores. ¿Podría ser eso su vestido? Danielito se estiró lo más que pudo, tiró de él y un montón de ropa le llovió encima. Una túnica morada le cayó en la cabeza.

—Un mago puede ponerse esto —dijo Danielito—, pero no una princesa.

In aisle seven, Danny saw a big purple blob bulging from a shelf. Could this be his dress?

Standing on his tippy toes, Danny stretched as far as he could, but the blob was just out of reach. He jumped as high as he could and barely hooked it with his fingertips.

The purple thing fell, opening up in a sea of ruffles. Danny's mouth dropped open. But it wasn't a princess dress. "What is it?" he asked.

"It must be a shower curtain," said Mommy.

Danny stared at the ruffles. His shoulders drooped. "I was sure this was my dress," he said.

Mommy stuffed the curtain back onto the shelf. "Let's keep looking."

❈ ❈ ❈

En el séptimo pasillo, Danielito vio un bulto grande morado que sobresalía de una estantería. ¿Podría ser ese el vestido?

Se puso de puntillas, se estiró lo más que pudo, pero no logró alcanzarlo. Dio un salto y lo enganchó con la punta de los dedos.

La cosa morada cayó al suelo como una avalancha de vuelos. Danielito se quedó boquiabierto y se dio cuenta de que no era un vestido de princesa.

—¿Qué es esto? —preguntó.

—Creo que es una cortina de baño —dijo Mami.

Decepcionado, Danielito se quedó absorto mirando los volantes.

—Estaba seguro de que era mi vestido.

Mami colocó la cortina en la estantería y dijo: —Sigamos buscando.

When they got to the last aisle, they still hadn't found Danny's dress. A speck of purple glimmered from the bottom of a huge mountain of odds and ends. Could this be his dress? Danny gave a tug and something purple and shimmery appeared. He yanked some more and out it came, but...

"It's leggings," said Danny.

"I'm sorry, mijo, there's nowhere else to look."

Danny clenched his fists. "But my dress is here. I just know it."

A crackling sound came from above, and then a tinny voice: "The store is closing in five minutes. Please bring your purchases to the register."

Danny's chin dropped down to his chest. "Oh, well. I guess I'll be a flying acrobat." He left the crown on a nearby table and trudged toward the checkout counter with the leggings.

Llegaron al último pasillo sin haber encontrado el vestido. Algo morado se vislumbra bajo una montaña de cosas revueltas. ¿Podría ser su vestido? Danielito tiró de él y logró ver que era algo morado y brillante. Haló más fuerte y logró sacarlo, pero...

—Son unas mallas —dijo Danielito.

—Lo siento, mijo, pero ya hemos buscado por todas partes.

—Pero sé que mi vestido está aquí —dijo Danielito apretando los puños.

Se escuchó un ruido con interferencias y, a continuación, una voz que anunció: «La tienda cerrará en cinco minutos. Por favor, llevan sus compras a caja».

A Danielito se le cayó el alma a los pies.

—Bueno, me vestiré de acróbata volador —dijo y dejó la corona en la mesa más cercana. Entonces se dirigió a caja, arrastrando los pies, para pagar las mallas.

Mommy

handed

the leggings

to the cashier.

Danny sighed.

He pulled out his picture

and looked at his princess.

The purple ruffles reminded him

of something. What was it? "Wait!"

he said, "My dress is here."

Danny stuffed the picture back in his pocket

and raced over to aisle seven. He leapt for the shower

curtain and caught it as it fell. "Look, here's the bottom half,"

he said, wrapping it around his waist.

Mommy caught up to him. "Why didn't I think of that?"

"Will you help me make it?" asked Danny.

"Of course I will." Mommy trailed behind Danny

as he ran to get his crown.

Mami le dio las mallas a la cajera. Danielito sacó el dibujo de la princesa y suspiró. De repente, los volantes morados le recordaron algo, pero no sabía exactamente qué.

—¡Espera! Mi vestido está aquí.

Danielito guardó el dibujo en el bolsillo y salió corriendo al séptimo pasillo. Dio un salto, tiró de la cortina y la agarró antes de que cayera al suelo.

—Mira, esta es la parte de abajo —dijo él poniéndosela alrededor de la cintura.

—¡Cómo no lo pensé antes! —dijo Mami cuando llegó a su lado.

—¿Me ayudarás a coser el vestido? —preguntó Danielito.

—Por supuesto que sí.

Mami lo siguió mientras él corrió a buscar la corona.

They hurried to aisle six and Danny nabbed the
purple robe. "We can use this for the top half," he said.

"Brilliant!" said Mommy.

They rushed to aisle three to grab the purple necktie,
and then made their way back to the checkout counter.

Corrieron al sexto pasillo y Danielito agarró

la túnica morada.

—Esto lo podemos usar para la parte de arriba —dijo.

—¡Excelente idea! —exclamó Mami.

Entonces caminaron de prisa al tercer pasillo,

agarraron la corbata morada y fueron corriendo a pagar.

When Danny and Mommy got home,

they got right to work cutting and sewing.

"Your dress will be one of a kind," said Mommy.

"Just like me," said Danny.

"Just like you."

Cuando Danielito y su mamá llegarón

a la casa, se pusieron a cortar y coser enseguida.

—Tu vestido será único —dijo Mami.

—Como yo —dijo Danielito.

—Exactamente como tú.

At school the next morning, Danny couldn't keep his eyes off the clock. Every time he looked, the hands had only barely moved. Finally, Ms. Caloca stood up. "Time to get ready for the parade."

Danny jumped out of his seat and dashed over to his cubby. He grabbed his backpack and pulled out his big, fluffy, purple princess dress.

"Whose dress is that?" asked Ms. Caloca.

"It's mine," said Danny. "Mommy helped me make it."

"Wow, that's fantastic," she said.

She helped Danny wriggle into the dress and tied the purple necktie into a bow around his waist.

❀ ❀ ❀

A la mañana siguiente, en la escuela, Danielito no dejaba de mirar el reloj de la pared. Cada vez que lo miraba, parecía que las manillas apenas se habían movido. Finalmente, la señorita Caloca se puso de pie y anunció:

—Es hora de prepararnos para el desfile.

Danielito se levantó de un salto y corrió hasta su casilla. Agarró su mochila y sacó un vaporoso vestido de princesa morado.

—¿De quién es ese vestido? —preguntó la señorita Caloca.

—Es mío —contestó Danielito—. Mami me ayudó a hacerlo.

—¡Vaya! Es fantástico —dijo ella.

La señorita Caloca lo ayudó a ponerse el vestido y con la corbata morada le ató un lazo alrededor de la cintura.

Danny pulled out his shiny silver crown and stood up tall while Ms. Caloca placed it on his head.

"Now I'm a princess," he said.

"Yes, you are," said Ms. Caloca, adjusting his crown so it sat just right.

"Thank you," said Danny, with a smile that stretched clear across his face.

Danielito sacó la corona plateada y se mantuvo derecho mientras la señorita Caloca se la colocaba en la cabeza.

—Ahora sí que soy una princesa —dijo él.

—Sí que lo eres —dijo ella, ajustándole la corona.

—Gracias —dijo Danielito, con una sonrisa de lado a lado.

Danny skipped out to find his friends and nearly skipped right into a giant octopus.

"Hello Danny," said the octopus, blowing a stream of bubbles.

"Hi Christina," said Danny.

Natasha landed nearby, spreading her butterfly wings.

Carlos waddled over dressed as a big round pineapple.

"I've never seen a boy princess before," said the pineapple.

"Me neither," said the butterfly.

Danny crossed his arms, making his sleeves puff out even more. "Well, I've never seen a walking pineapple or a talking butterfly."

Carlos tried to cross his arms, but his big round pineapple suit got in the way.

He frowned.

Danielito salió corriendo a buscar a sus amigos y casi tropezó con un pulpo gigante.

—Hola, Danielito —le saludó el pulpo, echando un torrente de burbujas.

—Hola, Christina —saludó Danielito.

En ese momento llegó Natasha con sus alas de mariposa extendidas.

Carlos, vestido de piña, se acercó lentamente al grupo.

—Nunca antes había visto a un niño princesa—dijo la piña.

—Yo tampoco —dijo la mariposa.

Danielito se cruzó de brazos haciendo que las mangas se hincharan aún más.

—Pues yo tampoco había visto una piña que caminara o una mariposa que hablara.

Carlos intentó cruzarse de brazos, pero el disfraz se lo impidió, y frunció el ceño.

The octopus blew some bubbles.

The butterfly flapped her wings.

The princess curtseyed.

"I guess we're all one-of-a-kind," said Danny.

The pineapple's frown turned into a smile. "That's us, one of a kind!"

Danny twirled, watching the purple ruffles dance around him.

El pulpo sopló burbujas.

La mariposa batió las alas.

La princesa hizo una reverencia.

—Es que todos somos únicos y especiales —afirmó Danielito.

En el rostro de la piña se dibujó una sonrisa:

—Así somos nosotros, ¡únicos!

Danielito dió una vuelta y los volantes de su vestido bailaron
a su alrededor.

To Parents, Caregivers, & Educators

This book is based on a true story. When my son Danny told me he wanted to be a princess for Halloween, I was worried that he would be teased and I would be judged. I suggested another costume, but Danny knew what he wanted. I decided to support him and we created a beautiful purple princess dress. He wore it happily in the school parade and kept it for years. Although I didn't know it then, I later came to realize that having a child with expansive gender expression was a beautiful gift.

When Danny was growing up, we didn't know other families like ours, or see ourselves reflected in picture books. To fill this gap, Danny helped me create a story about a child for whom anything was possible surrounded by a loving multicultural family and community. I hope that *One of a Kind, Like Me* gives children a sense of belonging, courage to be who they are, and an appreciation for people who are different than themselves.

Being Danny's mom, I have learned to appreciate children who don't follow expectations based on gender. I also have seen how pressure to fit gender expectations can make life hard for any child.

We can help all children feel safe and accepted by allowing them to explore a full range of activities without restricting or criticizing what they do based on gender. We can also make a difference by encouraging children to be respectful and kind to their peers, and by letting them know that teasing and bullying hurt. If you have a child who doesn't follow society's gender norms, rest assured that you are not alone. It is perfectly healthy to explore different ways of expressing gender.

If you have concerns and fears, as I did, learning about gender diversity and connecting with other families like yours can give you confidence and peace of mind. Visit **outproudfamilies.com** for videos, books, guides, organizations, and other resources.

—Laurin Mayeno, Author

Para Padres, Educadores
y Responsables del Cuidado de los Niños y Niñas

Este libro está basado en una historia real. Cuando mi hijo Danielito me dijo que quería ser una princesa para el desfile de la escuela, me preocupó que se fueran a burlar de él o que lo juzgaran. Le sugerí otro disfraz, pero él insistió. Decidí apoyarlo, y juntos hicimos un precioso vestido de princesa de color morado. Se lo puso orgulloso el día del desfile de la escuela y lo guardó durante muchos años. Aunque entonces no lo sabía, tiempo después comprendí el maravilloso regalo que es tener un hijo con creatividad en su expresión de género.

A medida que Danielito crecía, no conocíamos a otras familias como la nuestra ni nos veíamos reflejados en los libros para niños y niñas. Para llenar ese vacío, Danielito me ayudó a crear la historia de un niño para quien todo era posible, rodeado de una amorosa familia y comunidad multicultural. Es mi deseo que *Único como yo* le brinde a los niños y niñas seguridad en sí mismos, valor para afrontar quiénes son y que aprendan a apreciar a las personas que son diferentes a ellos.

Ser la mamá de Danielito me enseñó a apreciar a los niños y niñas que no siguen las normas de género impuestas por la sociedad. He visto también, que sentir la presión de adaptarse a esas normas puede hacer la vida difícil para cualquier persona.

Nosotros podemos ayudar a que todos ellos se sientan seguros y aceptados, dejándolos explorar diferentes actividades sin restricciones o críticas basadas en su género. También podemos marcar la diferencia enseñándoles a los niños y niñas a ser respetuosos y amables con sus compañeros y explicándoles que la burla y el acoso hieren. Si tiene un hijo o una hija que es inconforme con las normas de género impuestas, tenga por seguro que no está solo. Es perfectamente saludable explorar diferentes maneras de expresar el género.

Si siente preocupación o temor, como yo sentía, el conocer más acerca de la diversidad de género y conectarse con otras familias como la suya puede darle confianza y tranquilidad. Para más información, visite outproudfamilies.com, donde podrá encontrar videos, libros, organizaciones y otras fuentes sobre el tema.

—Laurin Mayeno, autor

Laurin Mayeno is a consultant and educator who loves the ocean and the San Francisco Bay Area. She is proud of her gay son, her multiracial family, and her activist community. She blogs for *Huffington Post* and founded Out Proud Families so children and families like hers will be seen, heard, and know that they aren't alone. **outproudfamilies.com**

Laurin Mayeno es consultora y educadora, le encanta el mar y la bahía de San Francisco. Se siente orgullosa de su hijo gay, de su familia multiracial y de su comunidad activista. Contribuye al blog de *Huffington Post* y es fundadora de la organización Out Proud Families que trabaja para que los niños y las familias, como la de ella, puedan tener un espacio, que se escuchen sus voces y que sepan que no están solos. outproudfamilies.com

Robert Liu-Trujillo is a father, husband, and lifelong artist. He has illustrated three picture books, including *Furqan's First Flat Top*, which he both wrote and illustrated. Robert is part of a growing movement of independent storytellers and publishers in the San Francisco Bay Area, and loves Danny's choice of dress color! **work.robdontstop.com**

Robert Liu-Trujillo es padre, esposo y creador de artes gráficas. Ha ilustrado tres álbumes infantiles, incluyendo *Furqan's First Flat Top*, que escribió e ilustró. Robert forma parte de un creciente movimiento de cuentacuentos y editores independientes en el área de la bahía de San Francisco. ¡Y también le encanta el color que Danielito seleccionó para su vestido! work.robdontstop.com

❀ ❀ ❀

BLOOD ORANGE PRESS

First published in 2016 by Blood Orange Press
Text copyright © 2016 by Laurin Mayeno ❧ Illustrations copyright © 2016 by Robert Liu-Trujillo
Spanish translation by Teresa Mlawer ❧ Spanish Translation copyright © 2016 by Blood Orange Press

Blood Orange Press is an independent publishing house dedicated to creating books that recognize and reflect underrepresented communities, and our power and potential in the world. **bloodorangepress.com**

Special thanks to everyone who helped this book come to life, especially: Danny Moreno, Jeff Casey, Joy Liu-Trujillo, Lome, Joaquín, & Mico Macbeth Aseron, Jonathan Wong, Isolda Atayde, Laura Atkins, Shirin Bridges, Nelly Caloca, Lora Collier Chan, The Day-Rodriguez Family, Dana Goldberg, Lucía González, Maya Christina Gonzalez & Matthew Smith Gonzalez, Marta Huante Robles, Nina Lindsay, Hector David Marin Rodas, Fabián Martinez, Amiko Mayeno, Karen Rezai & Aidan Rezai Nelson, Luis Perelman, The Scott-Chung Family, Meredith Steiner, Concepción Tadeo & Carmela Huerta, Claudia Tapia Márquez, Ruth Tepper Brown, Ruth Tobar, and Beth Wallace.

Printed in Malaysia by Tien Wah Press
First Edition
10 9 8 7 6 5 4 3 2 1

ISBN 978-0-9853514-1-0